LES

PETITS ROBINSONS DES CAVES

OU

LE SIÈGE DE PARIS

RACONTÉ PAR UNE PETITE FILLE DE HUIT ANS

ALPHONSE DAUDET

ILLUSTRATIONS DE BERTALL

PARIS
LIBRAIRIE DU PETIT JOURNAL, RUE DE LAFAYETTE, [illegible]

LES PETITS

ROBINSONS DES CAVES

LES PETITS

ROBINSONS DES CAVES

OU

LE SIÉGE DE PARIS

RACONTÉ PAR UNE PETITE FILLE DE HUIT ANS

PAR

ALPHONSE DAUDET

ILLUSTRATIONS DE BERTALL

PARIS
LIBRAIRIE DU *PETIT JOURNAL*
61, RUE DE LAFAYETTE, 61

Paris. — Imprimerie Alcan-Lévy

61, *Rue de Lafayette*, 61

LES PETITS

ROBINSONS DES CAVES

OU

LE SIÉGE DE PARIS

RACONTÉ PAR UNE PETITE FILLE DE HUIT ANS

E vous dirai d'abord que nous demeurons, papa, maman, mon petit frère et moi, dans une rue de Montrouge, tout près des fortifications.

Pendant le commencement du siége, nous n'étions pas trop malheureux, seulement un peu inquiets quand papa allait au rempart. Il n'y avait plus d'école depuis deux mois, et je restais toute la journée à la maison.

J'aidais maman pour le ménage et pour soigner mon petit frère, qui n'a que deux ans. Je veux dire la vérité; aussi je vous avoue que j'étais bien contente de ne plus partir en classe tous les matins.

Ne croyez pas au moins que je sois paresseuse. Je fais mes devoirs de mon mieux, et j'apprends mes leçons comme il faut; mais je ne suis jamais si bien que lorsque je travaille pour ma poupée, dans le petit coin de la fenêtre, près de la table à ouvrage de maman.

C'est elle qui taille et qui rabat les ourlets; je ne suis pas encore assez adroite.

Ces premiers jours du siége me parurent donc un vrai temps de vacances. Il faisait assez beau; mon petit frère riait d'entendre les clairons, et quand, au retour d'une promenade, nous voyions papa sur la petite place faire l'exercice avec sa compagnie, cela nous rendait tout à fait heureux.

Maman avait fait de très grandes provisions, un gros sac de pommes de terre, beaucoup de lard, tout plein de bonnes petites farines pour Mimi, et de belles poires, des raisins que nous avions rapportés de la campagne et qui mûrissaient pendus au fond d'une armoire comme dans un fruitier. Elle avait pensé à tout.

Aussi, quand nous nous mettions à table, papa lui faisait toutes sortes de compliments. Avec cela, comme la vacherie était en face de la maison, Mimi avait tous les jours une petite tasse de lait pour sa soupe.

Nous entendions bien fort le canon, par exemple ; mais je voyais nos parents si tranquilles, que cela me rassurait. Il n'y avait que

Marie, notre bonne, qui disait tout le temps des « Ah ! mon Dieu ! » des « Ah ! Seigneur ! » dans sa cuisine, et pourtant c'était toujours

elle qui entendait les coups la première, et, tout en ayant bien peur, on aurait dit qu'elle était contente tout de même.

Une nuit, voilà qu'en dormant je rêve qu'il tonne très fort et

que maman me prend dans mon lit pour m'emporter dans sa chambre.

J'ouvre les yeux et je vois ma pauvre maman très pâle qui me disait : « Dors, n'aie pas peur. » Mais je sentais bien qu'il y avait quelque chose d'extraordinaire; tout en fermant les yeux à moitié, je m'aperçus que maman ne voulait pas se recoucher. Elle avait mis un grand livre devant la veilleuse pour que nous puissions dormir.

Tout à coup,— je n'oublierai jamais cela de ma vie,— j'entends un grand bruit dans la cour, et puis comme une cheminée qui tombe. Nous étions tous secoués, les carreaux tremblaient, et le livre qui cachait la lumière se trouva jeté au milieu de la chambre.

Papa se lève, et je les entends tous les deux qui vont ouvrir une fenêtre dans la pièce à côté. Ils parlaient très bas, très vite. Je ne comprenais pas ce qu'ils disaient, et, pour passer ma peur, je regardais au plafond des ronds brillants qui tournaient.

Cela venait de la veilleuse... Je l'aime beaucoup, cette veilleuse; une fois, à quatre ans, j'ai été bien malade, et, quand le temps me paraissait trop long, je m'amusais à voir un petit bateau plein de monde, un grand château avec beaucoup de fenêtres, et une vache, et un mouton.

Tout cela est dessiné sur la porcelaine, si gentiment, qu'on voit des lumières aux croisées, la lune dans le ciel, et une lanterne au bateau.

Mais voici qu'en pensant à la veilleuse et à ma rougeole, je me rendormis de bien bon cœur jusqu'au matin...

... Tout le monde était levé.

Maman se dépêchait à faire une malle, bien calme, comme toujours. Marie l'aidait en faisant des hélas! et pleurait sans larmes, comme je disais en voyant sa pauvre figure. Maman se mit à m'habiller : « Écoute, me dit-elle, tu vas être une petite fille bien raisonnable... Es-tu quelquefois descendue à la cave ? »

Oui, j'y étais allée une fois avec une de mes bonnes. Je n'avais jamais raconté cela à maman. En jouant, cette méchante fille avait éteint la lumière en criant : « Au rat! » et nous nous étions sauvées par un vieil escalier tout ébréché.

J'avais eu si peur que, depuis, je n'avais plus voulu y redescendre.

— « Papa va emporter vos deux petits lits et puis le nôtre... Il faut que nous demeurions dans la cave quelques jours. »

— « Pauvres petits, disait Marie, pauvres enfants! »

Cela me décida tout à fait de l'entendre se plaindre, pendant que maman avait l'air si résolu...

Toute la journée on s'occupa du déménagement.

D'abord ce fut un tapis qu'on descendit, car il faisait très froid, puis une grande glace, toutes nos affaires.

Quelquefois, papa montait; il avait l'air très occupé, cherchait des outils, ôtait des murs ces chers portraits que j'aimais tant à regarder, et que, toute petite, j'avais toujours vus à la même place.

Je me sentais le cœur bien triste, pendant que maman rassemblait avec moi toutes les provisions ; Bébé jouait gaiement comme à l'ordinaire, s'amusait de tout, et de ce va et vient.

A la fin de la journée, les chambres étaient presque vides.

Nous étions prêts à descendre ; j'avais même serré tous les effets de ma poupée dans ma boîte à ouvrage, après l'avoir couverte chaudement ; car je me figurais qu'il ferait très froid dans cette cave.

Maman, qui avait fini tous ses préparatifs, allait souvent vers la croisée ; elle levait un coin du rideau et faisait semblant de regar-

der les cheminées en face ; mais je voyais bien qu'elle avait envie de pleurer, et que c'était pour nous cacher ses yeux.

Pauvre maman ! En voyant ses larmes, je sentais aussitôt les miennes monter et me faire le cœur gros...

A l'heure où papa rentrait ordinairement pour dîner, le voilà qui monte :

— « Allons ! allons !... dépêchons-nous... »

Il enleva Mimi dans ses bras.

Maman était chargée de mille choses.

Je tenais la rampe et aussi un petit coin de sa robe, pensant malgré moi au rat et au vieil escalier ébréché.

Marie portait la lampe.

Nous poussons une grosse porte de bois fermée au cadenas, et nous voilà arrivés.

Papa avait rangé, dans un petit enfoncement de la cave, le bois, le vin, et comme cela était caché, il me sembla que nous avions une très jolie chambre. D'abord le tapis était bien étalé tout du long et me faisait plaisir à revoir avec ses grosses fleurs en bouquets et ses treillis verts, que je m'amusais à enjamber à petits pas de la même grandeur, pour m'occuper quand je ne savais encore ni lire ni coudre.

Le grand lit, nos deux petits lits tout auprès, la chauffeuse de maman et un joli petit poêle où la soupe se tenait chaude en nous attendant, voilà tout ce que je vis en entrant.

Il y avait encore une belle glace dans le fond, et la table de la salle à manger avec une nappe toute blanche.

Par exemple, on ne voyait pas de fenêtre, parce que papa avait mis un grand matelas devant le soupirail. Mon petit frère battait des mains en se mettant à table dans sa grande chaise, comme il faisait tous les soirs en voyant la lampe et la soupe.

Papa et maman n'étaient pas trop tristes, et cela me rassurait... On entendait causer aussi dans les autres caves, car il paraît que tout le monde de la maison avait fait comme nous.

A peine nous étions couchés, mon petit frère Mimi et moi, voilà le tapage de l'autre nuit qui recommence avec la même secousse.

J'entendais comme des sifflements, et, de temps en temps, un grand coup dans la cour ; vraiment, c'était effrayant. Et puis l'on n'avait plus ce bon bruit de voitures et d'omnibus qui vous berce si bien quand on est chaudement dans son lit et qu'on pense à tous les gens qui rentrent chez eux pour dormir, tout entortillés de châles et de fourrures à cause du froid.

Je crois que je serais restée éveillée toute la nuit, si je n'avais vu papa lisant près de moi, et maman allant, venant, rangeant, nous installant le mieux possible.

D'habitude le matin, quand je m'éveille, les yeux encore fermés, j'écoute tout autour de moi.

Cela me fait plaisir d'entendre déjà du bruit dans la maison, Marie qui ouvre les persiennes ou qui lave le petit couloir avec un bruit d'eau et de seaux. Ce qui m'amusait encore beaucoup, je parle quand nous étions là-haut, c'était un petit serin qui couchait dans ma chambre. Le soir on le couvrait d'une toile

pour qu'il dormît tranquille, et, tant que les rideaux restaient fermés, il gazouillait tout doucement dans la cage.

Aussi, le premier matin où je me réveillai au fond de la cave, je fus bien surprise de ne plus l'entendre. « Nous avons oublié l'oiseau !... » Ce fut ma première parole avant même d'avoir ouvert les yeux.

« Bon ! disait maman, nous irons le chercher tantôt. » Mais moi, je songeais qu'il n'avait plus rien dans sa mangeoire, et cela me rendait si triste, que maman me permit de monter tout de suite. A cette heure-là, les bombes ne tombaient plus; mais c'est égal ! je vous réponds que le cœur me battait en montant les escaliers. On ne peut rien se figurer de plus triste que notre maison ce matin-là.

Beaucoup de gens achevaient encore de déménager.

Pendant la nuit, une bombe avait troué le toit en face. Les

ardoises, les cheminées étaient tombées dans une mansarde qu'on voyait tout ouverte avec des meubles brisés dedans.

Quand j'arrivai chez nous, l'oiseau chantait bien fort pour appeler son mouron et sa graine. Il avait renversé sa petite baignoire et un des bâtons, comme s'il avait eu très peur dans la cage au milieu de tout ce bruit.

Et moi aussi, j'avoue que j'avais un peu peur de me trouver toute seule dans ce grand appartement qui résonnait, et je me dépêchai de redescendre avec l'oiseau.

En venant de là-haut, la cave me parut noire et triste. Pourtant le soupirail était ouvert, puisque les bombes cessaient le matin.

C'était le jour de garde de papa; il venait de partir et je vis bien que maman avait l'air inquiet. Mais pendant que la bonne

était à la boucherie, nous avions le ménage à faire et notre bébé à habiller. Au bout de dix minutes, je ne pensais plus à mon ennui... Pauvre bébé !

Il était un peu grognon ; je crois qu'il trouvait la cave trop sombre. Quand il fut habillé, je me mis avec lui près du soupirail vitré qui nous donnait un peu de lumière.

On voyait de là quelques pavés de la cour, les souliers des gens qui passaient, et, en face, une autre petite fenêtre grillée comme la nôtre, où j'aperçus un enfant, la petite fille d'une couturière qui demeurait tout en haut de notre escalier, des gens bien pauvres, à qui maman donnait souvent un peu de viande depuis le siége. Bébé se plaisait là à cause du jour et des moineaux qui sautaient sur les pavés. J'installai sa grande chaise devant le soupirail et je me mis à aider maman.

Nous regardions ensemble les provisions, et maman prenait tout juste ce qu'il fallait, jusqu'au bois que nous coupions en toutes petites branchettes, parce qu'on voyait bien que ce serait plus long qu'on n'avait pensé.

Quelquefois, quand nous restions un peu tranquilles sans parler, nous entendions gratter tout doucement près des murs, et je sentais ma peur des souris qui me révenait.

Mais aussitôt que l'on faisait un peu de bruit, on les entendait partir avec de petits cris effarouchés.

Le premier jour seulement, j'y fis attention. Ensuite je n'y prenais plus garde. Un jour, un sac où il restait encore un peu de maïs, craqua tout à coup, et nous vîmes sauter une petite souris grise, qui disparut tout aussitôt ; seulement ses petites pattes enfarinées avaient fait des marques sur le tapis, et son chemin était tout marqué, si bien que papa trouva le petit trou où elle s'était sauvée, et le boucha dès le lendemain. Ce fut bien heureux pour nos provisions.

C'était la grande préoccupation ; et chaque fois que papa revenait du rempart ou d'une course, nous trouvions dans son sac des pommes de terre, un peu de salade, quelquefois un petit poulet pour Mimi, mais c'était très rare, un pâté et même des gâteaux. Une fois il eut un petit lapin vivant, et je me rappelle ma joie quand on le mit sur le tapis. Il était tout gelé, tout saisi, pauvre bête !

On lui donna une petite cabane en planches dans cette seconde cave où nous mettions le bois et le charbon ; mais c'était bien difficile de le nourrir, et on fut obligé de le tuer sans nous le dire. Nous aurions eu trop de peine.

Mimi l'aimait beaucoup, malgré son air sauvage, ses grandes oreilles toujours en défiance et ses griffes pointues comme celles d'un chat.

Quelquefois aussi papa nous apportait un peu de pain des marins, et on le faisait frire dans la poêle avec du sucre, comme des beignets.

Maman commençait à se tourmenter beaucoup pour mon petit frère. Il était pourtant bien gai ; mais ce qui nous attristait, c'était de voir notre petit voisin d'en face devenir tout pâle et tout triste.

Quand on le tenait devant le soupirail, il ne sautait plus en riant et en nous regardant. Ses petits yeux n'avaient plus l'air de rien voir. On aurait dit qu'il se retirait de tout; cela nous serrait le cœur.

Jusqu'à ce moment-là, nous avions pu ouvrir tous les jours.

Passé midi, les bombes ne tombaient plus; mais, au bout de quelque temps, il fallut boucher tout à fait le soupirail et allumer la lampe toute la journée.

C'était bien triste, je vous assure, surtout pour notre pauvre mignon, qui croyait toujours que c'était l'heure de dormir et s'assoupissait dans nos bras. Il s'y habitua cependant petit à petit.

Nous nous installions toute la journée autour de notre grande table, où l'on mettait la lampe.

Papa lisait ses journaux et devenait tous les jours plus triste en les lisant. Quelquefois, il les chiffonnait vivement sans les finir.

Maman avait fait un grand triage dans son linge. Nous avions déplié tous les draps, toutes les serviettes, et nous coupions des bandes, nous faisions de la charpie.

Mimi nous aidait de tout son cœur ; mais souvent au milieu de ce calme il lui prenait une petite folie de gaieté, il faisait sauter en l'air de gros flocons de charpie, les entortillait dans ses petits doigts, m'en mettait dans les cheveux, et maman, avec beaucoup de patience, reprenait les effilures brin à brin, les lissait, bien heureuse de ce quart d'heure de joie, car maintenant nous ne voyions plus rien autour de nous que les quatre murs de notre cave, et comme les rues étaient couvertes de neige, et qu'il n'y avait ni chevaux ni voitures, nous n'entendions que les obus. Tout cela n'était rien encore; nous allions passer des jours bien plus terribles.

Un matin, notre chéri se réveilla avec la fièvre et un petit air si triste, que je ne pouvais pas le regarder sans avoir les larmes aux yeux. Cela dura deux jours, trois jours, et puis il prit une petite figure indifférente, comme le pauvre enfant que nous avions vu à la fenêtre d'en face.

Maman, elle, pensait que le mal venait surtout de cette vilaine nuit où nous étions obligés de vivre, et quelquefois, dans le tantôt, on se risquait à écarter un peu les couvertures qui bouchaient la fenêtre; mais à cette heure-là le jour était déjà sombre, tout jaune de neige et de brouillard.

Puis le lait devenait de plus en plus rare. C'est à peine si Marie en rapportait quelques gouttes au fond de sa tasse. Un jour même elle revint tout en larmes; elle n'avait pas pu en avoir, et vous pensez si nous étions désolés à la maison. Notre Mimi qui ne se nourrissait que de cela! Alors cette idée me vint dans ma peine, que, si j'y étais allée au lieu de la bonne, j'aurais tant supplié qu'on m'en aurait donné un peu, et cette idée me tourmentait tellement que je ne pouvais tenir en place. Maman était très occupée de Bébé.

3

J'allai tout doucement jusqu'à la porte et je me trouvai vite dans la rue. Il ne tombait rien à ce moment, et pourtant notre

rue était si déserte, si triste, elle me semblait si large que je ne la reconnaissais plus. J'avais peine aussi à la reconnaître, cette vacherie que j'aimais tant parce qu'elle me faisait penser à la campagne, avec sa grande porte, le ruisseau au milieu, et toujours quelques poules qui picotaient entre les pavés au dans la paille de l'étable. Maintenant il n'y avait plus de poules, plus de paille.

Rien qu'une pauvre vache qui se retournait chaque fois qu'elle entendait marcher, s'imaginant sans doute que c'était son foin qu'on venait enfin lui apporter.

Pour commencer, le laitier m'avait dit non! très durement, et voulait me renvoyer comme la bonne, mais je m'accrochai à ses

habits, et le priai si bien, en lui parlant de Mimi et de ses gentillesses, qu'il finit par se laisser attendrir, et me remplit ma tasse. Vous pensez si j'étais fière en sortant de là.

Je n'avais pas fait deux pas dans la rue, voilà que j'entends crier : « Gare la bombe ! » et presque aussitôt quelque chose qui passe dans l'air et m'arrive dessus en sifflant. Mon premier mouvement fut de me jeter par terre, comme papa nous avait bien recommandé de faire en pareil cas ; mais la peur de renverser ma tasse me retint ; je restai debout ; et, comme je suis encore très petite, l'obus, en éclatant près de moi, passa par-dessus ma tête sans me faire de mal, et, chose encore plus heureuse, sans toucher au bol de lait, ce qui nous permit de faire à Bébé une bonne petite soupe qu'il mangea avec plaisir.

C'est plus tard que j'ai raconté ça à maman ; au moment même elle aurait été trop saisie ; et je me rappelle que, tout en me grondant, elle ne pouvait s'empêcher de m'embrasser bien fort.

Un autre petit prisonnier, bien triste aussi dans cette nuit perpétuelle où nous vivions, c'était mon oiseau. Il n'avait pas pu s'y habituer.

Comme il ne faisait jamais jour, et que c'était le soleil qu'il attendait toujours pour commencer sa petite vie d'oiseau, tout en chansons, il avait désappris ses airs, mettait sa tête sous l'aile, continuellement, comme pour dormir.

Enfin, un matin je le trouvai au fond de la cage, ses deux petites pattes en l'air. Il était mort. Cela me sembla si triste, si triste de voir qu'on pouvait mourir faute d'air dans cette vilaine cave, que je ne voulus pas que maman s'en aperçût, mon petit Mimi non plus.

Je donnai l'oiseau à Marie, qui l'emporta dans la poche de son tablier, et je gardai seulement deux petites plumes jaunes, bien brillantes, qu'il aimait tant à lustrer au soleil, là-haut, devant la croisée de ma chambre. Je remis sur la cage le foulard qui la couvrait ordinairement, et maman était si préoccupée de nous tous, et surtout de Mimi, si tranquille pour l'oiseau dont j'avais seule le soin, qu'elle ne s'aperçut pas qu'il nous manquait cette toute petite vie.

Notre Mimi allait mieux, mais toujours pâle. Il faisait froid, froid, et quand papa était aux remparts, je grelottais en pen-

sant à lui, au vent, à son fusil qui devait lui faire froid aux mains malgré ses gros gants, à cette neige où il pouvait glisser et que nous voyions, quand le soupirail était un peu découvert, toute blanche dans la cour, avec des masses de petits oiseaux qui sautaient dessus en criant.

C'est à ce moment qu'on nous apporta le vilain pain noir

plein de paille. Là, maman sentit partir tout son courage. Pensez donc, du pain! nous allions manquer de cela aussi. Papa disait :

« Patientons encore un peu, et tout finira bien. »

Il pensait qu'en supportant tous ces ennuis courageusement, on arriverait à battre et à renvoyer ces vilains Prussiens...

C'est bien singulier; mais depuis que nous étions dans cette maudite cave, je ne pensais plus du tout à ma poupée. Je l'avais cachée dans son lit, toutes ses petites affaires pliées à côté d'elle; mais je n'avais plus de plaisir à m'en occuper.

En n'entendant parler que de souffrances, je ne songeais plus qu'à tout ce qui pouvait souffrir, et lui disais quelquefois :

« Vois-tu, toi, tu es bien tranquille, tu n'as besoin de rien. Ce qu'il te faut pour être heureuse, c'est un petit chapeau de taffetas, un manchon doublé de rose, un petit jupon à dentelles. Tu as tout cela, et quand nous ne serons plus tristes, quand Mimi sera guéri et que le beau temps reviendra, je te ferai encore de belles toilettes, mais maintenant je n'y ai pas le cœur. Vois ta petite maman, on ne la frise plus, elle. Elle n'a plus de velours dans les cheveux, et met tous les jours sa robe de classe. Elle ne saurait même jamais que c'est dimanche, si elle ne lisait pas sa messe dans un petit coin de la cave. »

Le fait est qu'avec cette nuit continuelle, on finissait par perdre le fil des jours, des heures, et, pour s'y reconnaître, il fallait être constamment après la pendule ou le calendrier. Oh! la belle lumière du jour, il faut en être privé pour savoir tout ce qu'elle vaut. C'est moi qui le regrettais, notre petit chez nous si clair !

Dès le matin, sept heures, les rideaux commençaient à blanchir. J'entendais papa se lever, maman aussi. On marchait dans la cour, et, étant toute petite, je me figurais que c'était le jour qui entrait ainsi peu à peu.

Puis c'était l'heure de la classe. Là aussi il y en avait de la lumière. Vers midi, le banc où je travaillais était plein de soleil. Il fallait fermer un volet; mais le soleil entrait tout de même par le trou de l'espagnolette. Des petits rayons dansaient partout. Il faisait chaud, chaud. Alors on m'appelait pour aller déjeuner.

Quel bonheur! Je sortais.

La rue était pleine d'ouvriers qui déjeunaient assis aux portes, sur les trottoirs. J'avais envie de leur crier : « Bon appétit; j'y vais aussi. » Et ma faim se doublait, de penser que tout le monde déjeunait à la même heure... Ensuite, le soir, je revenais à la maison.

Le jour tombait. Maman était devant sa table, près de la fenêtre; et comme on ne pouvait plus lire, ni coudre, elle nous appelait, nous amusait ensemble avec des histoires, des chansons, Mimi sur ses genoux, moi dans sa robe.

Cela durait jusqu'au moment où l'on apportait la lampe.

Oh! la bonne petite lampe, comme la chambre me paraissait belle, surtout maintenant que, dans mon souvenir, je la comparais avec cet horrible trou noir où nous étions obligés de vivre.

Notre chère maman faisait tout ce qu'elle pouvait pour nous égayer; et pourtant elle était souvent très tourmentée, elle aussi.

Nos provisions diminuaient tous les jours. On ne donnait presque plus rien aux boucheries; et quand Marie revenait, après trois heures d'attente, elle levait, d'un air désolé, le couvercle de son grand panier :

— Voyez, madame, si ça ne fait pas pitié. Un petit paquet de riz, une tablette de chocolat, si peu de viande, et c'est tout.

Encore il fallait quelquefois laisser passer l'heure des bombes; et si papa n'avait pas couru des journées entières dans tous les coins de Paris pour trouver quelques ressources, je ne sais pas ce que nous serions devenus.

Une fois il apporta un morceau d'antilope, et ça me fit beaucoup de peine de manger d'une aussi jolie bête.

Marie avait encore inventé un petit piége à moineaux qu'elle mettait à l'entrée de la cour. Comme il neigeait, et que les pauvres petits ne trouvaient rien du tout à picoter, on en prenait beaucoup; par exemple j'inventais toujours de bons prétextes pour ne pas y toucher; c'en était trop.

Une fois par semaine, on s'arrangeait tant bien que mal pour faire un petit pot-au-feu. C'était une occupation, un événement.

Tout le monde le surveillait. Le morceau de viande était si mince, la marmite si petite, que cela paraissait très précieux.

Maman arrangeait le thym, le céleri avec autant de soin qu'un bouquet de fête. Dans les commencements, cela me faisait beaucoup rire de voir les jolies petites mains de maman, si actives au piano et à la broderie, s'occuper de tous ces détails; mais quand je trouvais la soupe bien bonne, que Mimi en redemandait tout de suite à la dernière cuillerée, je comprenais pourquoi maman prenait toute cette peine.

Du reste, je l'aidais de tout mon cœur, et papa disait souvent en riant qu'à cause du siége je deviendrais vite une bonne petite femme de ménage.

Les jours de ce fameux pot-au-feu, au moment de servir, on faisait signe à la pauvre femme qui demeurait dans la cave en face, et elle prenait sa part de notre régal; maman lui emplissait un grand bol pour son pauvre petit, qui était toujours malade.

— Et l'enfant, il ne va pas mieux?

— Oh! non, pas encore.

Et elle était si triste, si découragée, appuyée contre la porte, son bol à la main, que, chaque fois, j'en avais le cœur gros. Et puis, elle racontait des choses si pénibles. Il paraît que, dans le commencement, son mari allait sous les bombes chercher des pommes de terre dans les champs abandonnés.

C'était difficile à arracher, parce que la terre se trouvait très dure, et les légumes tout gelés. C'est égal! Ils s'étaient nourris pendant quelque temps avec cela, le tout petit aussi; mais depuis longtemps même cette ressource-là leur manquait. Maman la grondait. « Il faut venir plus souvent. » Moi, j'aurais voulu avoir quelque chose à lui donner; et il faut croire que c'était aussi l'idée de Mimi, car un jour qu'elle pleurait en nous parlant, il lui tendit une petite Folie avec laquelle il jouait, et se mit à la faire danser devant elle comme pour la consoler.

Un jour, cette pauvre femme arriva en sanglotant. Maman alla vite vers elle, et quoique la porte de la cave fût presque fermée, j'entendis que l'enfant était mort. Maman lui parlait doucement, essayait de la consoler; mais la malheureuse était tout à fait désespérée.

« Pensez donc, madame, il n'avait pas encore un an. Nous
« l'avons eu là tout un an près de nous, si gai, si bon. Nous
« l'avons tant aimé..... Et il est parti sans pouvoir dire seule-
« ment: Maman! Il nous connaissait bien, c'est vrai; mais j'aurais
« voulu qu'il me parle, avant de s'en aller pour toujours. »

Je pleurais bien fort en entendant cela, et maman aussi revint avec les yeux bien rouges.

Le lendemain de ce triste jour, nous fûmes tout surpris de ne plus entendre le canon. On put ouvrir le soupirail, et laisser passer un peu de soleil et d'air.

En même temps, il y avait du mouvement dans les rues; on sortait, on allait voir. C'était bien vrai, il ne tombait plus de bombes. Nous pouvions remonter chez nous.

Quel bonheur! Je me souviendrai toute ma vie de ma joie de ce jour-là, mon activité à aider mon impatience.

En entrant dans nos chambres, il me sembla que nous revenions d'un long voyage, où nous avions couru des dangers de toutes sortes.

On alluma un grand feu clair dans la cheminée; mon cher petit frère se roulait sur le tapis, et comme il avait déjà de petites couleurs roses, je me disais : c'est le jour qui le guérit.

A chaque instant je venais l'embrasser, quelquefois si fort, qu'il me regardait tout saisi.

J'avais remonté la cage à son ancienne place, la mangeoire vide, le petit verre aussi, et le grand foulard noué sur tout cela; c'était bien triste.

Mais, auprès de ce que j'avais entendu la veille, au milieu de tant de larmes, est-ce que je pouvais penser encore à ce petit chagrin ?...

Au bout de deux jours, nous avions recommencé notre heureuse vie d'autrefois; mais ce qui m'étonnait, au milieu de notre joie, c'était de voir papa très triste.

Un dimanche surtout, ce cher père, si actif, toujours occupé ou lisant, resta l'après-midi accoudé à la cheminée, regardant le feu, la figure sombre et les sourcils froncés.

Maman allait, venait, marchait tout doucement autour de lui, et, de temps en temps, lui parlait bien bas, avec tant d'affection.

Des régiments sans trompettes, sans tambours passaient, à toutes minutes, sous nos fenêtres. Mimi et moi nous causions, nous dansions de voir tout ce mouvement, tant de monde dehors.

Mais maman nous fit signe que c'était trop de bruit à côté de ce pauvre père qui était si triste. Il paraît que cela lui faisait une grande peine, la manière dont la guerre finissait.

Pourquoi ? J'étais trop petite pour le comprendre, et Mimi encore plus que moi; mais c'est égal, une fois avertis, nous nous mîmes à jouer bien tranquillement dans un coin.

Et cela me rappelle un autre jour où papa apprit qu'un de ses amis, qu'il aimait beaucoup, venait de mourir bien loin, bien loin.

Personne à la maison ne l'avait connu, cet ami; mais ce jour-là aussi, en voyant le chagrin de mon père, maman avait cette même figure bonne et compatissante, et nous recommandait de jouer tout doucement pour ne pas déranger ce grand chagrin que nous ne pouvions pas comprendre.

Paris. — Imprimerie Alcan-Lévy, rue de Lafayette, 61.

www.ingramcontent.com/pod-product-compliance
Ingram Content Group UK Ltd.
Pitfield, Milton Keynes, MK11 3LW, UK
UKHW020949220726
13924UKWH00002B/591

9 782019 930097